朱瑞福

朱瑞福是很厲害的游泳選手。因爲古怪國山雨小學的游泳校隊是三國裡實力最強的一支游泳隊，所以朱瑞福就轉學到山雨小學訓練。

小珍珠

小珍珠是山雨小學的模範生。喜歡畫圖，只要有人生日、受人幫助、有任何值得慶賀的事，她一定會送給對方一張卡片，現在已經變成卡片達人。

怪博士

待在植物園的祕密實驗室裡的白袍彩面山魈，是專門研究植物生病原因的科學家。

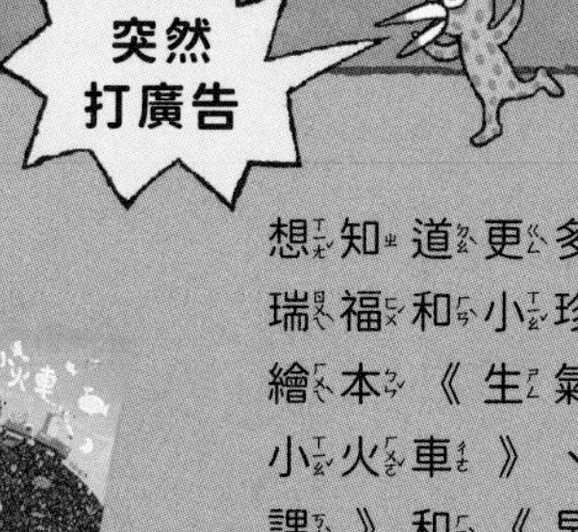

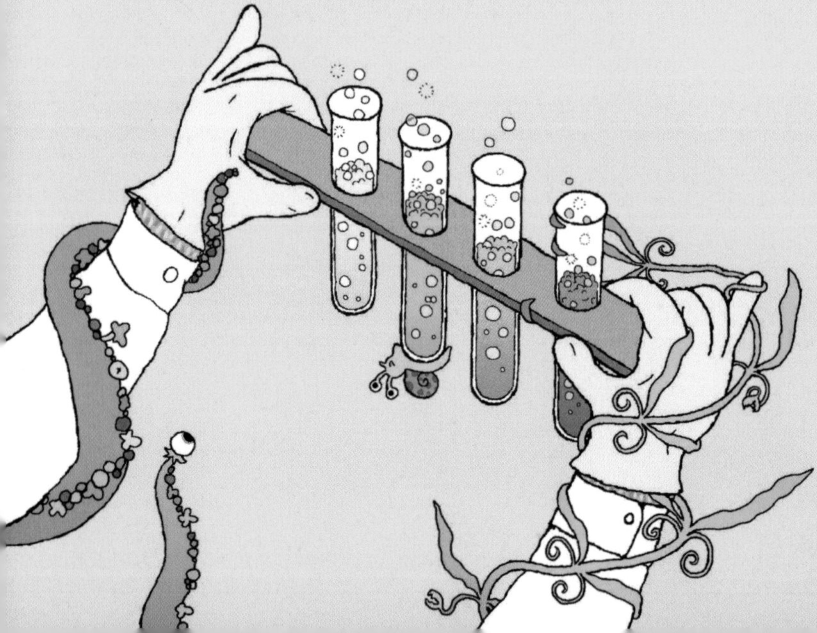

山雨小學2

生氣王子的瘋狂校外教學

賴曉妍×賴馬

他就生氣了！

奇異國的皇宮裡，艾迪王子的電動小汽車沒有充飽電，他就生氣了！

書櫃上，書本沒有按照高矮順序排列，他就生氣了！

餐桌上，奶油蘑菇焗烤麵上面的起司太少，他就生氣了！

花園裡，艾迪發現花叢裡有枯葉，他就生氣了！

艾迪王子很愛生氣，只要一點小事，就能讓他大發脾氣，所以大家也叫他「生氣王子」。

雖然如此，國王認為，艾迪畢竟是一國的王子，就算脾氣不太好，還是得學習獨立。

所以，除了安排他去讀三國最好的學校——「三語學校」，也訓練艾迪許多事，像是自己去皇宮外的巷口買文具、自己去圖書館借書、自己去上學。

今天是星期三，艾迪每個上學日的行程都一樣。

鬧鐘響

起床

開始吃早餐

對了，因爲今天早餐裡的第 7 顆堅果缺了一角，不完美的早餐，讓他花了 4 分鐘 21 秒發了一頓不小的脾氣。

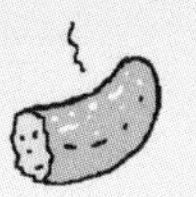

07:46
穿好襪子
07:47
背起書包
百香國
今天也
很準時！
08:50
抵達學校
三語學
山雨小學
古怪國

愛你唷
07:54
花 7 分鐘和爸爸媽媽說再見
路上小心！
好！
站
08:05
8:05 出門，從皇宮到車站一共花了 15 分鐘
拜拜！
奇異站
奇異國
08:24
8:24 搭上火車
海岸村站

卡爾號

艾迪去上學，搭乘的是「卡爾號」。

卡爾號是一列嶄新的小火車，是目前「環三國鐵路」最重要的一班列車，自從卡爾的媽媽退休後，就由他來擔任這項非凡的任務。

「卡爾出馬，使命必達」是卡爾號響亮的宣傳口號。

除了載送旅客，無論是聖誕老公公的禮物託運、三隻小豬蓋房子的建材、小紅帽要送給奶奶的東西……都會請卡爾載送。

今天，艾迪一樣準時搭上火車。他喜歡搭火車，也喜歡所有需要「準時」的事。

艾迪還是個知識控，他知道很多一般小學生不知道的知識和冷知識。

他一邊說著有關火車的知識，一邊放好書包，坐在固定的座位。艾迪也喜歡所有「固定」的、規律的事。

艾迪小知識

火車是超酷的交通工具！是一種在鐵路軌道上行駛的車輛，通常由好幾個車廂所組成。

火車分爲多種類型，包括普通列車、快速列車、高速列車等。火車的能源包括燃煤、柴油或電力。其中，以電力當動力的火車最環保。

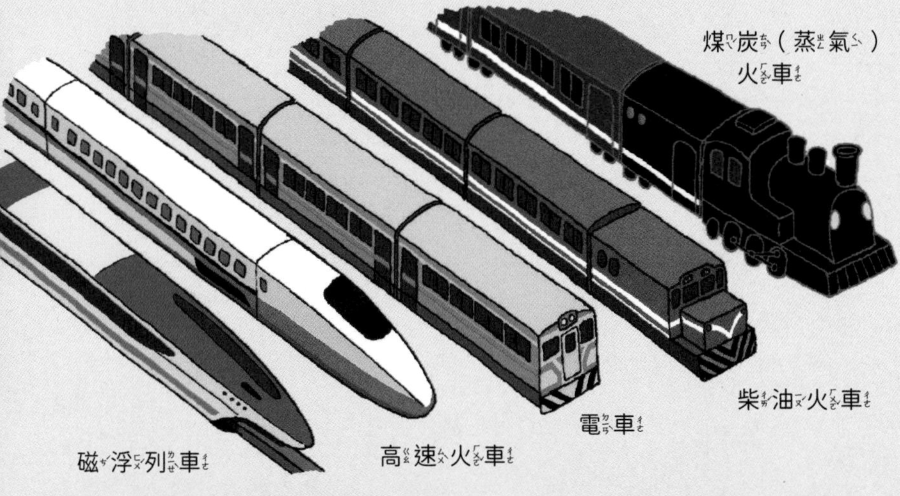

火車的速度通常比汽車和公車快，還能載更多的乘客和貨物。如果想去遠一點的地方玩，搭火車絕對是一個很棒的選擇……

一起在奇異站上車的還有朱瑞福，因為他的脖子實在是太——長——了，所以總是坐在有天窗的位子。

火車行駛了 15 分鐘後……

因為火車路線會跨越三國，所以廣播都會同時播放三國的語言。

火車停靠在海岸村站，豬家的小珍珠每天都會在這一站上車，她是山雨小學的學生。

等了好久，卻沒見到小珍珠上車，大家開始東張西望。

過了一會兒，小珍珠才跌進車廂「唉唷——」袋子裡的蔬菜、水果滾了一地。小珍珠拎著大包小包，因為她一大清早，又到市場幫奶奶買菜了。

這時，小火車播放一段廣播：

聽見廣播，艾迪立刻站起來幫忙。他一邊生氣，一邊幫忙。

「超過停靠的時間了啦！ 超過15秒…… 超過32秒…… 超過57秒…… 超過1分16秒…… 」

他嘴裡碎唸個不停，但是就算再愛生氣、再討厭不準時，艾迪王子依舊是個紳士。

最後，他花了 3 分 45 秒，找回所有的蔬菜水果，艾迪幫忙把小珍珠手上的袋子接了過來，整齊的擺在車廂的行李置物架上。

小珍珠坐好後，拿出色筆和紙張，唰唰唰唰非常專心的低頭寫字和畫圖。

幾分鐘後……「艾迪王子，謝謝你的幫忙！」她走到艾迪的座位，送給他一張卡片。

艾迪接過卡片，手指搓了搓紙張。「是手抄紙，長 10 公分寬 15 公分，保留了麻紙漿的天然邊緣……」

他有點害羞，又有點生氣自己竟然害羞的說：「這種卡片……我還是第一次收到……」

艾迪手捏著感謝卡，打開車窗，看著窗外飛逝的風景，讓風吹散自己感動的情緒，艾迪竟然沉沉的睡著了。

可能是因為，從起床到上學，他已經生了太多氣。睡過了小鎮、睡過了青青草原、睡過了黑漆漆的山洞、睡過了跨海大橋，也睡過了原本要下車的「三語學校」。最後，艾迪一路睡到了終點站。

各位旅客，終點站山雨小學，終點站山雨小學到了！

咪嘻哈，哈咕，唧唧哇啦嘟嚕米米！沙沙哩呱，嗚啦麥，絲哇哇嗚噠啦！請旅客依序下車。

山雨小學的校外教學

火車到站，艾迪終於醒了。他揉揉眼睛，背起書包，迷迷糊糊的走下車。

沒想到，艾迪一下車，就被包圍了。一群人七嘴八舌的談論：

原來，這些熱情群眾，是山雨小學的學生。今天校外教學日，車站是集合地點。

正當一片混亂時，艾迪從人群中，看見了一個熟人，是百香國的愛咪公主。

愛咪也同時看見艾迪，她跑過去牽著艾迪，大聲說：

「我堂堂奇異國的王子，哪是你們說邀請就能邀請的呢？」艾迪心想，嘴裡卻說：

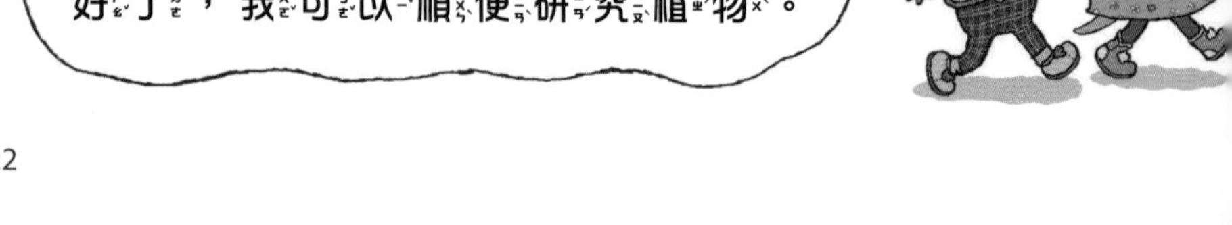

山雨小學的大家，
一起鼓掌歡呼。

同一時間

三語學校的老師打電話到奇異國皇宮，詢問艾迪王子為什麼沒到校。

老師，很抱歉！我們剛剛才得知，王子他今天計劃到植物園研究植物，自主學習一天喔！

知道艾迪坐過站、臨時決定去植物園的皇宮管家連忙解釋。

這個時候，健康課兼自然課老師大熊先生遠遠的喊著：

大熊先生對於艾迪的出現並不覺得奇怪。畢竟，山雨小學大多數的學生都是古怪國居民的孩子，要認出每一個學生，實在太困難了。

山雨小學的學生和老師們，一起搭上一輛公車。公車司機，正是小珍珠的叔叔。

小珍珠把幫奶奶從市場買來的菜交給叔叔，叔叔的公車會繞回海岸村豬家附近，豬奶奶只要去公車站牌等著就可以了。

先搭半小時的車，再走一段路，就能抵達校外教學的目的地：「皇家植物園」。

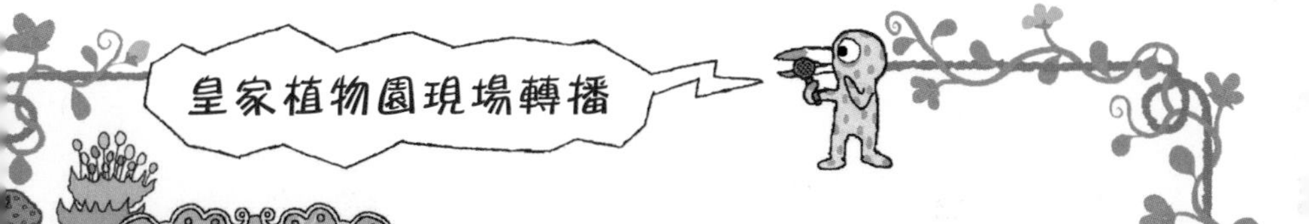

皇家植物園的園長，為了公主的蒞臨，特地把園裡的植物都整理了一番，步道上鋪著新的白色石子。「皇家植物園」的金色門牌上還鑲著鑽石與寶石。

晴朗的天氣，很適合郊遊。大家唱著歌、快樂的走著。

註：這首曲子為〈不生氣魔法歌〉，出自《生氣王子》一書

數學老師樹懶小姐負責看地圖和指路。但因為樹懶小姐的動作太慢，好幾次走在前面的大家已經轉錯彎，她才慢慢的指出正確的方向。

最後，山雨小學的老師和學生在一扇老舊生鏽的鐵門前停下腳步。

華麗氣派的鐵門上方有塊牌子，但因為生鏽得太嚴重，已經看不出來寫的是什麼字。

曾經去過皇家植物園的大熊先生，看著植物園的大門，忽然感覺有點奇怪。

公園的圍牆，是爬滿藤蔓的磚牆。圍牆裡的植物，看起來因為缺乏整理而長出牆外，就像對著外面招手。大家看著這座奇特的植物園，忍不住好奇的探頭探腦。

大熊先生用力扯了扯被粗鐵鏈拴著的鐵門，巨大的鎖頭哐噹哐噹哐噹響。

愛咪公主也拉了拉鐵門，發出「ㄍㄚ——ㄍㄧ——ㄍㄚ——ㄍㄧ——」刺耳的聲響。

進不了植物園，眼看她又要哭了。愛哭公主一邊紅著眼眶，一邊華麗轉圈，展示她的新洋裝。

噴火龍阿古力是愛咪的好朋友，他也急了，於是激動的噴出大火。鐵門被大火烤得紅通通的，大家更不敢摸了。

這下子，愛哭公主更難過了，她站著哭、坐著哭、躺著哭、滾來滾去一直哭……

正當所有人都不知道該怎麼辦時，聰明的艾迪，突然想到一個好方法。他跟朱瑞福商量，請他伸直長長的脖子，讓大家爬過圍牆。

於是，山雨小學的全體師生，一個接著一個，爬上朱瑞福的脖子，再拉住伸出圍牆的樹枝，越過圍牆。

跳進植物園的他們，站起來把身上的泥土和葉子拍乾淨，再把掉落的背包和餐袋撿回來，才終於有時間好好的觀察四周。

小珍珠不忘給朱瑞福寫了一張卡片，再摺成紙飛機射向圍牆外。

艾迪沒有忘記強調自己的聰明才智。

卡卡娜植物園

進入植物園的大家，像是突然掉進另一個星球一樣充滿好奇，沒人有空理會生氣的王子。

一到公園，大熊先生開始認真的為學生們導覽。

經過園藝設計師的巧妙安排，一年四季都盛開著花朵，是全三國規模最大、植物種類最多的植物園……

但是，大家滿頭問號，這裡一點也不像老師形容的那樣啊！植物園裡的步道，幾乎被雜草淹沒。遊樂場的器材上，也爬滿藤蔓。

植物把遊樂場的鞦韆、滑梯、蹺蹺板，裝飾成自然卻奇特的樣子。涼亭被一層又一層的落葉蓋住，就像一塊巨大的千層派……

這個地方不太像一般的植物園，比較像是一座要吸引小精靈來玩的童話花園。

雙胞胎兄弟吉拉和普拉拿出背包裡的跳跳糖，邊走邊吃。

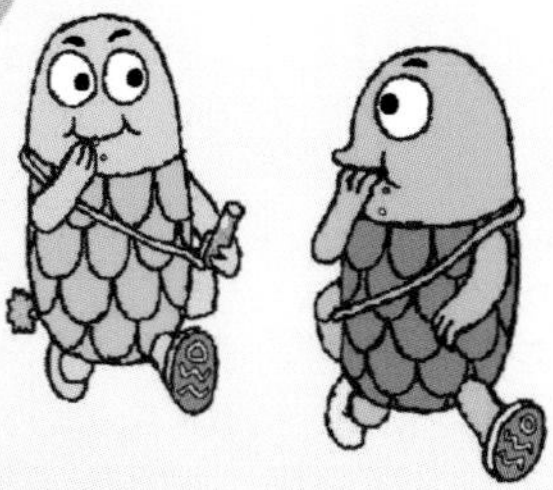

沒想到，不知道從哪裡「飛」來幾株怪花，像廣場上的鴿子一樣，停在弟弟普拉的手掌上，啄著跳跳糖。奇怪的是，才啄了幾下，突然又恢復原本植物的樣子。

哥哥吉拉揉揉眼睛，還以為是自己眼花了。

聰明的艾迪王子說：

但是，沒有人把艾迪的話聽進去，大家都被眼前充滿神祕氣息的景象深深吸引。

閃閃發光的霧氣環繞著枝葉茂密的樹林，樹葉被風吹動時像綠色的海浪。樹幹上掛著各種不同的藤蔓，像一道道彩繪線條。

細軟的苔蘚，緩慢的在石頭上蔓延，陽光灑落時，折射出奇異的螢光黃綠色。所有植物都充滿生命力。

他們甚至還發現一座香草園。「羅勒、薄荷、薰衣草、迷迭香、百里香……」除了有豐富的動物知識，艾迪還認識每一種香草。各式各樣的香草，因為太久沒有採收，已經足夠供給整個城市的餐廳使用。

如果它們沒有長出牙齒和毛髮、最後還突然一起大合唱的話……

小珍珠突然蹲下來，低頭看腳邊幾朵彩色蘑菇。胖胖的蘑菇頭，上面有著圓圓的斑點。

她一邊心想：「我要摘幾朵回家，給奶奶煮奶油蘑菇濃湯。」一邊伸手扭了一下蘑菇。沒想到蘑菇居然張開嘴巴，破口大罵：

蘑菇們氣得全身發抖，最後幾乎尖叫起來。

小珍珠嚇壞了，用最快的速度畫了一張卡片，丟給蘑菇，然後慌慌張張的逃走了。

小珍珠的道歉卡片，
沒有半點作用。

尖叫的蘑菇越長越大，
旁邊還冒出幾朵更大的蘑菇，
大蘑菇上面再長出小蘑菇、

小蘑菇上面又生出
無數朵迷你蘑菇……

同時，愛咪公主為了摘下樹上的花，努力的彈跳了十幾次後，終於摘到一朵花了。

沒想到，被折斷樹枝的瞬間，樹哭了。

情緒崩潰的樹，揮舞著樹枝，葉子掉了一地。

原來，這棵樹會模仿摘花的人啊！這讓愛咪有點尷尬。

可惜，已經太遲了。瘋狂的樹和尖叫蘑菇，開始朝著他們逼近。

終於，這時候，
朱瑞福背著樹懶
小姐趕到了！

還沒等樹懶小姐說完，樹藤就纏住了她。樹懶小姐很慢的大喊：

噴火龍阿古力朝著樹藤噴火，

救下了可憐的樹懶小姐。

一回頭，只見樹藤竟然拔腿逃走了！

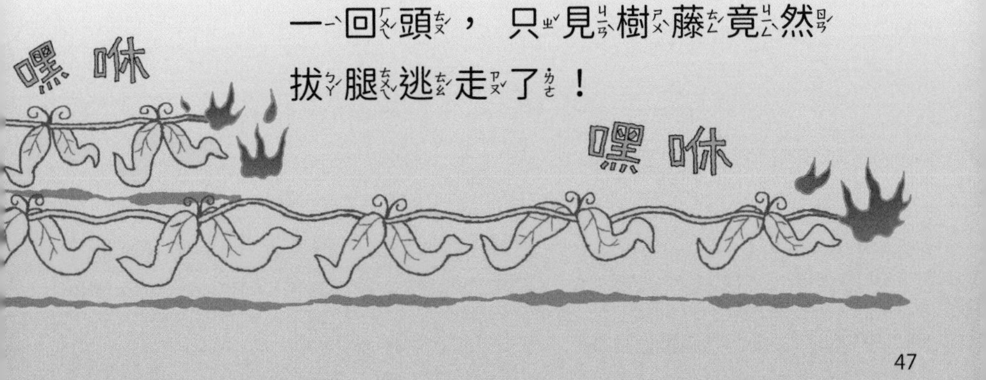

朱瑞福拿起身邊的
澆花水管試著救火。

噴灑出來的水，
卻讓植物長得更快
速，幾乎塞滿了整
座植物園。

大熊先生用力揮舞旗子，指揮大家疏散時。樹叢裡卻突然衝出一頭綠色怪獸！啊不！樹叢就是怪獸！一口把他……

給吞了！

好不容易，大家才合力從樹叢的「嘴巴」裡，把大熊先生救了出來。

植物園的景色劇烈變化，藤蔓像一條條的蟒蛇那樣到處亂爬，枝葉像海浪四處拍打，一朵朵彩色蘑菇像煙火般炸開。

長毛的植物、長牙齒的植物、吱吱喳喳亂叫的植物、像動物的植物，全部傾巢而出！

山雨小學的大家都嚇呆了，腳就像被種在地上一般無法動彈，嘴巴張得大大的，合不起來。

就在最危急的時刻，眼看他們即將被植物大軍淹沒，一個白色人影朝著他們招手、大聲叫喊：

他們沒時間多想，只能拚命的按照白影人指示的方向跑去。

愛哭公主邊哭邊跑、阿古力邊噴火邊跑、艾迪邊跑邊計算逃跑的時速、吉拉和普拉的跳跳糖都撒了出來、小珍珠第一次來不及寫道歉卡片。

樹懶小姐攀在朱瑞福脖子上、大熊先生抱著其他體型比較小的學生……

小木屋實驗室的怪博士

最後，山雨小學的老師和學生們，跑進一間小木屋。

大家慌忙逃進屋後，白影人趕緊把門緊緊關上。

大家驚呼連連又氣喘吁吁，這時才近距離看清楚，原來白影人是一位穿著白袍的彩面山魈。

他有一頭蓬亂的灰白色頭髮，雖然看起來懶得整理外表，雙眼卻炯炯有神。

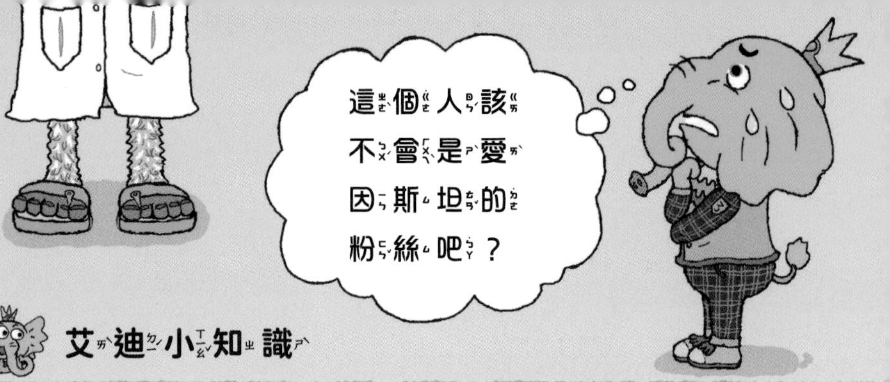

艾迪小知識

被譽為「現代物理學之父」的**阿爾伯特．愛因斯坦**（Albert Einstein），發表了廣義相對論，曾獲得諾貝爾物理學獎，是 20 世紀最重要的科學家之一，他的科學成就使得「愛因斯坦」成為「天才」的同義詞。

怪博士向大家打招呼，然後簡單的自我介紹。

科學家拯救卡卡娜植物園

〔記者滿倉麻專題報導〕由魯斯、茶茶頓、力里和喀娜科學家組成的研究團隊昨日抵達卡卡娜植物園。

多年前，他還是一個年輕的科學家時，三國合力找來許多專家組成團隊，希望拯救生病的卡卡娜植物園。

後來，經過許多年，一直找不到解決的辦法，所以計畫停止了，所有的科學家都離開植物園，只有怪博士實在不甘心，非要找出原因不可。

於是他躲藏在植物園角落裡的這間小木屋裡，繼續做實驗，相信總有一天，能讓植物園恢復過去的模樣。

多年後的現在，幾乎只剩下一個最重要的關鍵配方，就可以為植物們找到治療的解藥了！

怪博士興奮的說明一切，一邊習慣性的抓抓他那頭已經不能更亂的亂髮，不時扶一扶他厚厚的黑色粗框眼鏡。每個人都好奇的東看西看、東摸西摸，只有艾迪聽得最專心。

這裡的植物集體發生變異後，公園管理局派來最頂尖的植物學家來為植物治療。
要怎麼治療？
把根挖起來研究，把泥土和空氣帶走分析，把葉子、種子和花瓣放在顯微鏡底下檢查……
找到原因了嗎？
唉～
始終找不到原因，最後有兩個照常去植物園下棋的老人失蹤了，植物園只好宣布無限期關閉。
協尋
米拉旦
協尋
巴克

卡卡娜植物園小傳

伍利・卡卡娜是一個好女巫，她擁有能跟植物溝通的魔法。自家後院的花園越來越大，最後變成一座植物園。有一年的冬天，氣溫創下三百年來的最低紀錄……

怪博士指著窗外，一臉早就預料到的表情說：

植物們顯得太沒有精神了，為了讓植物更有活力，女巫卡卡娜施了一個咒語，想讓植物們恢復元氣。沒想到，效力過強，植物都染上一種植物界的不治之症「動物病」。

怪博士滔滔不絕的描述植物發病的狀況，艾迪看了看窗外，說：

他試了幾次，就是沒辦法打斷博士的話。

終於，
生氣王子生氣了！他氣得瞪著眼、氣得脹紅臉、氣得鼻子都打結了，最後還氣得跳了起來。

直到艾迪在窗邊跳了好幾下，怪博士才終於往窗戶的方向看去。一瞥見艾迪站在窗邊，他急著大喊：

怪博士這才發現，那些發狂的植物竟然沒有追過來。他一臉疑惑的說：「太奇怪了，發生了什麼事？」

他想了想，轉身搖晃艾迪的肩膀問：

「我們？剛才？做對……什麼？」艾迪左思右想。

「請再仔細回想看看！」怪博士不放棄，又搖晃了艾迪的肩膀，繼續追問。

於是記性好的艾迪，仔細的敘述他這個早上所發生的事：

「……早餐裡的第七顆堅果居然缺了一角，真是有夠誇張……

……火車，是指在鐵路軌道上行駛的車輛，通常由多節車廂所組成……收到大約 10 乘以 15 公分的手抄紙卡片……
Z Z Z Z Z
不小心睡過站，但這是個意外，畢竟我平常是個非常謹慎的人……
就和山雨小學的師生一起去校外教學，你知道的，我身為王子，對於熱情的民眾……

雖然山雨小學的大家，都覺得艾迪講得真好，幾乎可以當作校外教學小日記的範本了呢。

但是，怪博士不耐煩了，聽了30 分鐘又 52 秒後，

他阻止艾迪繼續說下去：

「麻煩只要說進入植物園以後的事就好了！」

呃好……其實我覺得關鍵可能是有一隻鳥吃了普拉的跳跳糖，然後變化植物……

「啊哈！就是這個了，跳跳糖！」沒等艾迪說完，怪博士就用力拍手說：

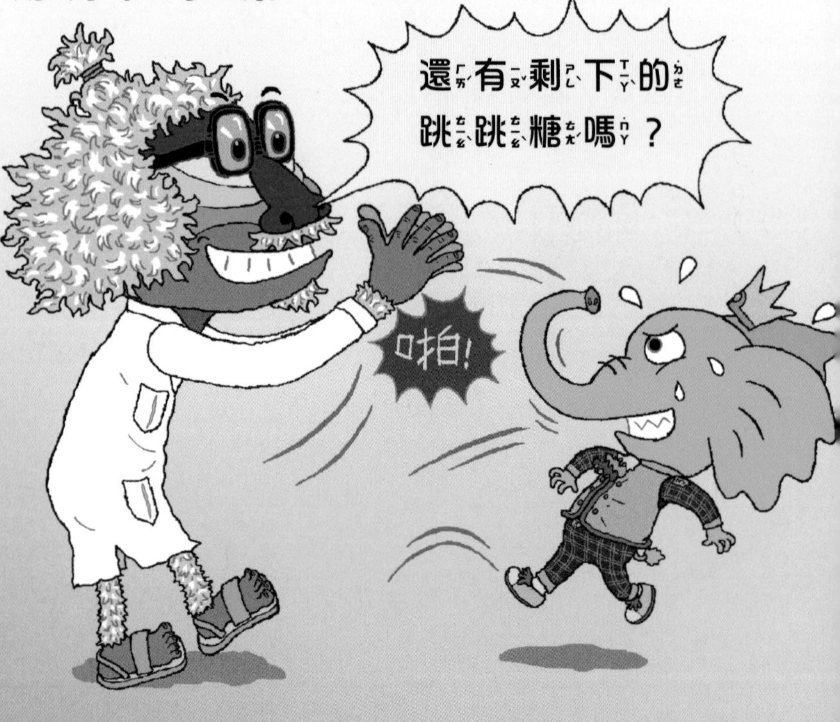

雙胞胎兄弟翻出背包，讓怪博士把背包角落裡剩餘的跳跳糖都倒了出來，集中在一起。他打開電腦、翻著研究日誌，開始分析計算。雖然緊張得發抖，卻不敢大意。嘴裡唸著：

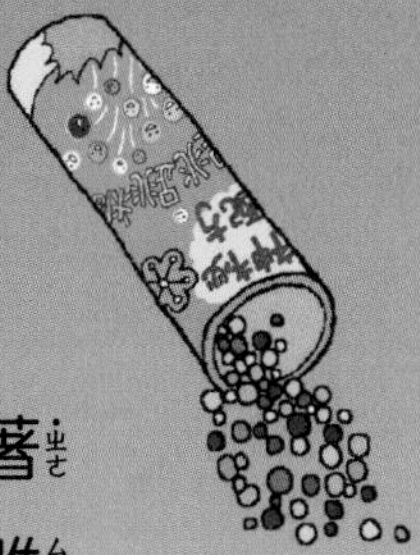

然後再將跳跳糖分別放入幾個實驗中的試管裡。

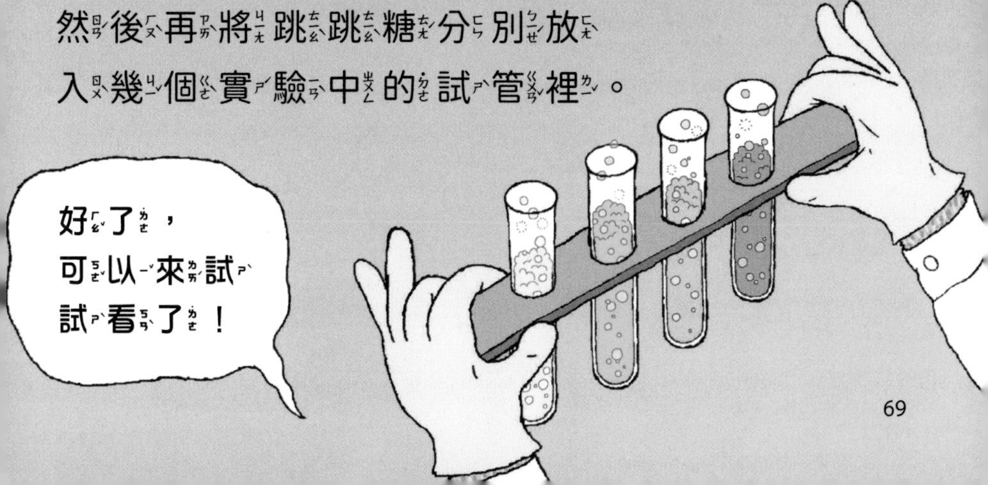

放入跳跳糖的黃色試管，

捲起一陣白煙， 沒有動靜。

放入跳跳糖的藍色試管， 長出一株豆芽，

也沒有動靜。

放入跳跳糖的橘色試管，

動了幾下，爬出一隻蝸牛，還是沒有動靜。

最後一次機會了，跳跳糖只剩下一點點。怪博士用發抖的左手、抓住他發抖的右手，所有的人連呼吸都不敢太用力……

這一次，跳跳糖落入紫色試管的瞬間，原本冒著泡泡的紫紅色液體，突然平靜了下來，漸漸的變成清澈明亮的水綠色。

這時，小珍珠拿出一張不知道什麼時候寫好的卡片，交給怪博士。

找到解藥後，愛咪公主找來忠心耿耿的皇家護衛隊，幫忙從童話世界的大小雜貨店蒐集更多的跳跳糖。

艾迪幫忙計算劑量，

阿古力噴出大火溶解跳跳糖，

大家一起合力把跳跳糖攪拌成彩色藥水。

朱瑞福把灑水器架高。

忙了好久，直到老師們看看時間，宣布該回家了。山雨小學的大家跟怪博士道謝，怪博士笑著說：「我才應該謝謝你們！」

怪博士帶領著他們，從小木屋後門的祕密通道走出植物園。

驚險又刺激的山雨小學校外教學結束了，艾迪王子回到皇宮。

已經知道艾迪沒有去上學的國王生氣極了。國王氣得瞪著眼、氣得脹紅臉、氣得鼻子打結、氣得快要噴火！

艾迪趕緊解釋道：

雖然不小心睡過站，但是我相信，今天意外的校外教學對成為一位好王子很有幫助！

「而且，我現在已經是山雨小學的榮譽學生了，所以應該去那裡讀書。」說完，艾迪拿出一張榮譽狀，交給國王。上面寫著：

榮譽狀

貴國的艾迪王子，
聰明、善良又機智，
絕對是令人尊敬的奇異國國王陛下的教育有方。

本校頒予**榮譽學生**資格

敬祝：
國泰民安，順心愉快！

山雨小學全體師生致贈

看完榮譽狀，國王的氣消了一大半。他好奇的問：「到底去哪裡校外教學了？這麼難得，還交了朋友。」

國王很驚訝，立刻命令皇家騎兵隊去調查，

接著說：「如果你真的幫忙解救了那座瘋狂植物園，那麼，我就答應你成為山雨小學的學生。」

沒多久，皇家騎兵隊回報：「啟稟國王！卡卡娜植物園確實如王子所說，已經恢復正常了！

不過還是有些奇怪的現象……

像是…… 其中幾支灑水器，灑出來的水竟然是…… 彩色的跳跳糖水。

後記

植物恢復正常後，怪博士離開卡卡娜植物園，來到山雨小學當自然課老師，健康課老師大熊先生也就不用再兼任自然課老師了。

作者簡介

賴曉妍

全職媽媽，兼職作家。寫過幾本親子散文書和幾個繪本故事。最喜歡和孩子們一起打滾、聊天、混日子。偶爾積極起來的時候，就會趕快拿筆寫山雨小學，目前進度第五集。

賴馬

全職爸爸，兼職繪本作家。除了畫畫趕稿，每天花最多的時間在跑步和接送小孩。創作三十年，有《我變成一隻噴火龍了！》、《生氣王子》、《最棒的禮物》等十多部作品，並且非…常…緩…慢…的增加中（樹懶小姐上身）。

小珍珠散落的蔬菜、水果共有 15 種，它們也出現在其他頁面裡，你找到了嗎？